D0615977

Collection MONSIEUR

MONSIEUR MADAME

Monsieur
MALADROIT

Roger Hargreaves

hachette
JEUNESSE

C'était une assez belle matinée.

Le soleil était déjà levé.

Et il brillait.

Dans les arbres, les oiseaux étaient déjà réveillés.

Et ils chantaient.

En revanche, dans une maison plutôt en mauvais état,
en plein milieu d'un champ,
quelqu'un n'était pas encore levé.

Tu devines qui ?

Son réveil se mit à sonner.

Monsieur Maladroit ouvrit un œil et tendit le bras
pour arrêter la sonnerie.

Et il fit tomber le réveil par terre.

– Oh non ! se dit-il. C'est le troisième réveil
que je casse cette semaine.

Tu t'en doutes peut-être,
rien ne résistait à monsieur Maladroit.

Il se leva et alluma la radio.

Le bouton lui resta dans la main.

– Oh non ! se dit-il. C'est le deuxième poste de radio que je casse ce mois-ci.

Il descendit l'escalier. À sa façon !

Le facteur était passé et, sur le paillasson,
il y avait une lettre.

Il la ramassa et alla dans la cuisine.

– Commençons par le commencement, se dit-il.
Il prit une tranche de pain de mie
et la plaça dans le grille-pain.

– Bon, maintenant, voyons qui m'a écrit.

Il regarda la lettre qu'il tenait dans sa main.

Mais ce n'était pas une lettre.
C'était une tranche de pain !

– Je n'y comprends rien. Où est passée cette lettre ?
se demanda monsieur Maladroit.

Et toi, sais-tu où elle était ?

Oui ?

Dans le grille-pain !

Et elle brûlait. Tout doucement.

Vite, il repêcha sa lettre.
« Aïe ! C'est brûlant ! »

Et il la laissa tomber.

Monsieur Maladroit se baissa pour ramasser sa lettre.

Malheureusement, il se cogna le front contre la table.
La table se renversa, tout ce qui était dessus se brisa.
Monsieur Maladroit bascula en avant et se retrouva
tête la première dans la poubelle !

Ah, ce monsieur Maladroit, il portait bien son nom !

Ce même matin, quand il eut enfin réussi
à se dégager de la poubelle,
monsieur Maladroit se rendit en ville.

Pour faire ses courses.

– Commençons par le commencement, se dit-il.
Et il alla à la banque chercher de l'argent.

À la banque, monsieur Maladroit signa un chèque.

Le directeur se retrouva couvert d'encre
de la tête aux pieds.

– Oh non ! dit monsieur Maladroit.

Il alla à la boucherie.

– Bonjour, monsieur Côtelette ! lança-t-il joyeusement.

Mais il trouva moyen de se prendre les pieds
dans ses lacets, de tomber dans la vitrine
et de se retrouver avec un chapelet de saucisses
autour du cou !

Quel maladroit !

Monsieur Maladroit se dirigea ensuite
vers le supermarché.

À l'entrée, il y avait une grande pyramide
de boîtes de conserve.

Bon.

Tu devines la suite ?

– Miam, miam, s'écria monsieur Maladroit.
Je prendrais bien de la soupe pour le dîner.

Il attrapa une boîte.

Celle du dessus ?

Bien sûr que non ! Il n'y songea même pas !

Et toute la pile de boîtes s'écroula.

– Oh non ! dit monsieur Maladroit.

Et il s'en alla.

En se frottant la tête.

Sur le chemin du retour,
il passa à la ferme pour acheter des œufs.

Mais en traversant la cour,
maladroit comme il l'était,
il trouva moyen de trébucher une fois de plus.

Et dans sa chute,
il trouva moyen de s'agripper au fermier.

Et tous deux trouvèrent moyen de tomber
dans la mare aux canards !

PLOUF !

— Oh non ! dit monsieur Maladroit.

– À l'avenir, est-ce que je pourrais vous livrer
les œufs moi-même ?
demanda le fermier toujours assis
au beau milieu de la mare.

– Vous seriez vraiment très gentil,
répondit monsieur Maladroit.

– C'est tout naturel, dit le fermier.

Et il ajouta à voix basse :

– Cela m'évitera beaucoup d'ennuis.

Monsieur Maladroit rentra chez lui.

– Commençons par le commencement, se dit-il.
Et il se fit couler un bain.

Mais quand il voulut grimper dans sa baignoire,
il trouva moyen de glisser sur le savon,
de perdre l'équilibre et d'atterrir tête la première
dans le panier à linge.

– Oh non ! fit une toute petite voix étouffée.

Plus tard, il descendit dîner.

Et il mangea :

De la soupe, du supermarché.
Des saucisses, de la boucherie.
Des œufs, de la ferme.

Ou plus exactement il mangea…

Une cuillère de soupe car le reste avait débordé
de la casserole.

Des saucisses calcinées car la poêle avait pris feu.

Et des œufs, très, très, très brouillés !

Enfin, un dîner tout à fait normal
pour monsieur Maladroit.

– Délicieux, dit-il en se renversant sur le dossier
de sa chaise.

CRAC !

– Oh non ! se dit monsieur Maladroit.
Je ferais mieux d'aller me coucher.

Et il y alla.

L'histoire est finie.

Bonne nuit, monsieur Maladroit !

Monsieur Maladroit se pencha pour éteindre
sa lampe de chevet, et…

CRAC !

– Oh non !

Ça ne va pas recommencer !

LA COLLECTION MADAME C'EST AUSSI 42 PERSONNAGES

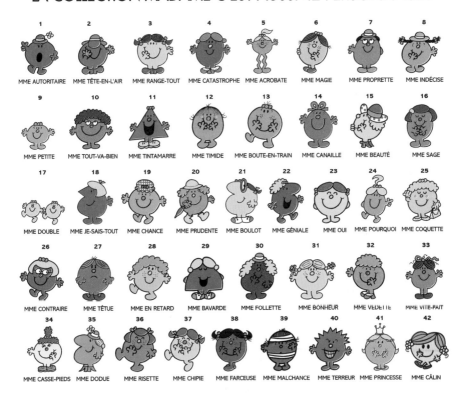

1	2	3	4	5	6	7	8
MME AUTORITAIRE	MME TÊTE-EN-L'AIR	MME RANGE-TOUT	MME CATASTROPHE	MME ACROBATE	MME MAGIE	MME PROPRETTE	MME INDÉCISE
9	10	11	12	13	14	15	16
MME PETITE	MME TOUT-VA-BIEN	MME TINTAMARRE	MME TIMIDE	MME BOUTE-EN-TRAIN	MME CANAILLE	MME BEAUTÉ	MME SAGE
17	18	19	20	21	22	23	24	25
MME DOUBLE	MME JE-SAIS-TOUT	MME CHANCE	MME PRUDENTE	MME BOULOT	MME GÉNIALE	MME OUI	MME POURQUOI	MME COQUETTE
26	27	28	29	30	31	32	33
MME CONTRAIRE	MME TÊTUE	MME EN RETARD	MME BAVARDE	MME FOLLETTE	MME BONHEUR	MME VEDETTE	MME VITE-FAIT
34	35	36	37	38	39	40	41	42
MME CASSE-PIEDS	MME DODUE	MME RISETTE	MME CHIPIE	MME FARCEUSE	MME MALCHANCE	MME TERREUR	MME PRINCESSE	MME CÂLIN

Retrouve tous tes héros sur
www.hachette-jeunesse.com

Traduction : Agnès Bonopéra.
Révision : Évelyne Hiest.

Édité par Hachette Livre, 58 rue Jean Bleuzen 92178 Vanves Cedex.
Dépôt légal : février 2004
Loi n° 49-956 du 16 juillet 1949 sur les publications destinées à la jeunesse.
Achevé d'imprimer par Canale en Roumanie.